ESTE CIRCO
ES UN DESASTRE

Miguel Ángel Villar Pinto

Dibujos: Rafael Jiménez Chacón

1. UNA ENTRADA TRIUNFAL

El fantástico Esnini y su circo era un desastre. Nunca se sabía lo que iba a pasar en cada función porque, fuera como fuera, algo siempre salía mal. Lo raro sería lo contrario.

El propio Esnini, que además de director era el presentador del espectáculo, tenía mucha maña para llamar la atención del público, pero estaba afónico casi siempre y cuando hablaba, su voz semejaba una montaña rusa, un concierto en el que parecían estar presentes el pato Donald y Shin Chan, acompañados por unos gallos locos.

La domadora de fieras, una mujer valiente donde las halla, que ante los feroces leones y panteras no mostraba el menor asomo de miedo, se liaba cada dos por tres con el látigo y, sin saber cómo, terminaba dándose a sí misma. ¡Vaya luchas que mantenía consigo dentro de la jaula!...

A los payasos, frente a un público numeroso, se les daba por hablar en voz tan baja que para escucharles habría que gastar un dineral en altavoces…

Y así se podría seguir con el forzudo, un hombre capaz de levantar a un elefante del suelo, pero cuya verdadera proeza consistía en hacerlo sin que se le escapara de las manos, pues era un auténtico patán; cada dos pasos que daba, tropezaba tres veces.

El equilibrista, últimamente, estaba aquejado de vértigo. Pasando sobre el cable, más que un maestro de las alturas, parecía un bailarín de algún estilo libre de danza.

Del mago… ¡se podrían decir tantas cosas del mago! Pero quizás la más llama-

tiva sea que sudaba a mares cuando llegaba el número de la desaparición. En cierta ocasión se había confundido con las palabras mágicas, cosa no demasiado inusual, y ¡¡no se le volvió a ver hasta pasado un mes!! Según contó, había aparecido en lo alto de una montaña, y había tenido que mantenerse a base de hierba hasta que consiguió regresar…

En fin, lo que está claro es que el circo era un desastre, ¡un verdadero desastre!, por lo que las reacciones del público podían ser de lo más imprevistas.

Ante la confusión, podían acabar desternillándose de risa en el mejor de los casos, como pasar al abucheo y pedir la devolución del dinero de las entradas en el peor, que era lo más frecuente, y se montaba un gran barullo.

Pero esta vez sucedió algo sin precedentes. Todo comenzó por mal camino incluso antes de la función.

Siguiendo la ruta planeada, entraban las caravanas del circo en la ciudad de Melidonda cuando se pincharon todas las ruedas a un tiempo. No hace falta decir que en un momento se formó un auténtico jaleo de los buenos. La avenida se colapsó inmediatamente y los pitidos de los coches comenzaron a replicarse unos a otros, cada vez más furiosos. A éstos les siguieron gritos de indignación de los conductores.

—¡Gamberros…!

—¡Ya veréis cuando venga la policía!

En fin, se había batido un nuevo record. Veinte vehículos, unas cien ruedas, reventadas en un mismo instante… Era difícil, muy difícil de explicar, y por mucho que lo intentó Esnini, cuando se presentaron varios agentes de policía no hubo nada que hacer. Lo metieron en un coche patrulla y se lo llevaron a comisaría. Fue acusado de alteración del orden público con premeditación.

—¡De verdad que ha sido la mala suerte! ¡De verdad! —repetía una y otra vez con su vocecilla escuchimizada, lo que no hizo más que empeorar las cosas, pues al hablar como un dibujo animado, los policías creyeron que Esnini se estaba riendo de ellos.

Finalmente, ¡menos mal!, todo quedó en un susto. Como no se encontró prueba alguna que respaldara la acusación, Esnini fue puesto en libertad. Al llegar al circo, fue recibido con gran alegría, y sobre todo con alivio, pues los demás integrantes del mismo habían estado muy preocupados.

Pero esta buena noticia no reinó mucho en el ambiente. Al día siguiente el circo había salido en la mayoría de los periódicos, y casi todos se referían a él con titulares poco agradables:

«La caravana de la discordia»

«Un verdadero circo en la carretera»
«Payasos del asfalto»
…

Por lo visto, habían sido muchos los periodistas que llegaron tarde a sus trabajos a causa del incidente y, al parecer, no les había hecho mucha gracia.

Sin duda, nunca había tenido *El fantástico Esnini* un comienzo tan estrafalario y calamitoso, ¡que ya es decir...!

—¡Vaya desastre! —se lamentó Esnini. Acababa de saber que sólo se habían vendido tres entradas, y apenas faltaba una hora para que empezara la función.

La taquillera, ante la exclamación, se encogió de hombros resignada y volvió a su puesto sin mucha esperanza.

Así estaban las cosas en el día en el que Jorgito, a falta de una semana para cumplir nueve años, intervendría por primera vez en el espectáculo. Como no es de extrañar, nadie esperaba gran cosa de él. Con que lo hiciera igual de «bien» que el resto sería más que suficiente, y eso no era mucho pedir...

Sin embargo, estaba realmente nervioso.

Ya desde la mañana comprobó de qué forma tan curiosa reacciona el cuerpo frente a ciertas emociones. No había ido tantas veces al servicio en toda su vida.

El elefante Mucholino debía olerse algo, porque cada vez que le veía entrar en él, soltaba un sonoro trompetazo que hacía que todo el mundo dirigiera la mirada hacia allí. Gracias a él, estuvieron a punto de ponerle un mote que no le gustaba nada.

—¡Será mal bicho...? —se quejaba Jorgito, hasta que al fin le dijo una de las últimas veces—: ¡Te vas a quedar sin azucarillos!

Parece que Mucholino lo entendió, pero ¡qué mala idea tenía el condenado!

Y así había pasado el día hasta que llegó el momento de prepararse para la función. Jorgito iba a intervenir como ayudante del mago, y con él estaba en el camerino cuando entró Estela, la más guapa de las bailarinas y a su vez hija de Esnini, en

un gran estado de agitación.

—¡Rápido! —gritó—. ¡Venid! ¡Mi padre ha sufrido un accidente!

Y allá se fueron.

Cuando entraron en la carpa vieron una de las gradas totalmente derrumbada, y a Esnini debajo de ella.

—¡Aaaay! ¡Aaaay! —se dolía—. ¡Qué batacazo!

—Pronunciaré unas palabras mágicas… —dijo el mago con intención de sacar a Esnini lo más rápido posible del montón de tubos y tablas. Tan pronto escuchó esto, el director del circo sintió un auténtico pavor y se apresuró a interrumpirlo:

—¡No, no…! ¡Mejor con las manos! —y sabiendo que era escuchado, añadió más calmado y en voz baja—: Mejor con las manos, no vaya a ser…

Los demás artistas del circo se unieron a la labor breves instantes después y, entre todos, consiguieron rescatar al magullado Esnini de aquella montaña de hierro y madera. Más tarde llegó la ambulancia, y el accidentado, acompañado por su hija, fue conducido al hospital más cercano.

—¿Y ahora qué hacemos? —preguntó el forzudo—. ¿Suspendemos la función?

—¡Qué remedio! —exclamó la domadora de fieras—. Sin presentador no podemos actuar…

—Pero… ¿cómo pagaremos entonces las ruedas nuevas y los servicios de los mecánicos y transportistas? —señaló preocupado uno de los payasos.

—Y la comida para los animales está a punto de terminarse… —recordó otro de ellos.

La cuestión quedó flotando en el aire entre las caras largas e inquietas de los artistas, hasta que Jorgito se decidió a hablar.

—Yo podría ser el presentador —dijo.

—¿Queeé? —se extrañaron los demás.

Jorgito dudó, pero siguiendo el impulso que había tenido, les explicó sus razones:

—Sí, podría ser yo. Ninguno de vosotros conoce las presentaciones de cada número porque mientras unos actuáis, los otros estáis en los camerinos esperando a que llegue vuestro turno. Yo, como siempre estoy en las gradas, veo todo de principio a fin y me sé todas las frases. Además, el mago ha hecho siempre su número sin ayudante, así que…

Se entabló entonces un murmullo en medio del cual se podían oír algunas frases sueltas.

—Si no es más que un niño…

—Es demasiado difícil, y aún no tiene nueve años…

—Sí, pero no hay otra solución…

Finalmente, la domadora de fieras se dirigió a Jorgito:

—Vale la pena intentarlo —dijo.

Y de esta forma, en un solo día, Jorgito pasó de ayudante a nada menos que presentador. Estaba contento, pero también, ahora que se había confirmado, mucho más nervioso que antes. El presentador es la persona más importante del circo, de él depende todo lo demás, y eso era algo en lo que no había pensado cuando se le ocurrió la idea.

—¡Creo que me he metido en un buen lío! —se dijo.

3. PEOR IMPOSIBLE

Detrás de la cortina que separaba el escenario de los bastidores, se trabajaba aprisa y corriendo. Es cierto que el problema del presentador se había solucionado, pero el caso es que todo presentador necesita un traje apropiado, y no había ninguno de la talla de Jorgito. Se tuvo que improvisar uno recortando aquí y allá para luego coser a la velocidad de la luz, pero el tiempo invertido en ello había retrasado bastante la hora de comienzo del espectáculo, por lo que el público empezaba a impacientarse. Se estaban haciendo los últimos retoques cuando éste empezó a entonar:

—¡Que empiece ya, que el público se va!

—¡Listo! —exclamó una de las bailarinas tras dar la última puntada.

—¿Hay mucha gente? —preguntó con cierta angustia Jorgito a otra de ellas. Ésta sacudió la cabeza.

—Como mucho, veinte personas… —eso sería una séptima parte de la capacidad total de la carpa—. ¡Ánimo! ¡Seguro que lo harás muy bien!

Jorgito salió al escenario vestido con su traje recién confeccionado, muy elegante y colorido, propio de todo un gran presentador. Se acercó el micrófono y, temblándole un poco la voz, dijo:

—¡Señoras y señores, niñas y niños, bienvenidos a *El fantástico Esnini y su circo!*

Y en ese momento supo que era muy diferente ver el espectáculo que formar parte del mismo. Por un instante se quedó en blanco, ya que se había puesto muy nervioso al ver la atención de la gente centrada en él.

—¡Continúa, Jorgito! —oyó a su espalda como un susurro—. ¡Vas muy bien!

—¡Sí, muy bien!

Eran las voces del mago y el equilibrista, lo que le hizo recordar las frases que venían a continuación.

—¡Tenemos muchos números, a cada cual más increíble! ¡Podrán irlos viendo si se atreven a mirar! ¡Con ustedes, el equilibrista más conocido del mundo! ¡El extraordinario Tomi Resoplano!

Y tal como lo dijo, alargó el brazo con fuerza y la manga del traje salió disparada. El público respondió con amplias carcajadas al tiempo que Jorgito la recogía y, haciendo una reverencia (como había visto hacer a Esnini tantas veces), volvía a los bastidores.

—Ha salido fatal —le dijo Jorgito al mago medio colorado y con el trozo del traje en la mano.

—No peor que de costumbre… —le respondió éste con una sonrisa—, así que no te preocupes.

Al tiempo que era cosida de nuevo la manga al traje, en lo alto avanzaba el equilibrista por el cable que atravesaba la carpa de un extremo a otro; pero en esta ocasión, a mitad de trayecto, sumado al vértigo habitual, la vista se le empezó a nublar.

—¡Madre mía! ¡Madre mía! —comenzó a suspirar. Un pie se salió de su sitio y empezó a oscilar de un lado a otro mientras gritaba—: ¡La red! ¡¡¡Poned la red!!!

Y en esto salieron los payasos con ella, e iban de izquierda a derecha, adelante y atrás, siguiendo los meneos de Tomi Resoplano.

La mitad del público tenía encogido el corazón mientras la otra parte no paraba de reírse. Finalmente, el equilibrista más conocido del mundo se agarró al cable y, reptando, llegó al otro lado, y entonces se mezclaron aplausos con unos ligeros

abucheos.

—No peor que de costumbre… —le repitió el mago a Jorgito.

Éste volvió a salir al escenario recordando que, efectivamente, el circo era un desastre. De salir mal las cosas, nadie se extrañaría, así que se encontró mucho más tranquilo y las palabras salieron fluidas.

—¡Querido público, si esto les ha impresionado, esperen a contemplar al mago que es capaz de lograr lo imposible! ¡Con ustedes, el sorprendente Palabrov Tararí!

—¡Ha llegado mi turno! —se dijo el mago y, dando un paso, entró en el escenario. A continuación se sacó el sombrero de copa que llevaba en la cabeza. Haciendo una reverencia, saludó al público y exclamó—: ¡Para empezar, ante ustedes haré un nuevo truco que he estado ensayando últimamente! ¡Prenderé fuego a este sombrero para luego recomponerlo con la ayuda tan sólo de unas palabras mágicas!

Dicho esto, el mago agitó su varita y pronunció:

—¡*Abralallama*, el que habla te llama!

E iba a apuntar hacia al sombrero cuando la varita se le resbaló de las manos y cayó al suelo.

—¡Vaya, parece que la varita no tiene ganas de trabajar! —dijo intentando darle un toque de humor, pero no surtió efecto porque, de repente, se oyeron unos chillidos femeninos.

—¡¡¡Aaah!!!

—¡¡¡Socorrooo!!!

Todos siguieron con la vista la dirección de procedencia de las voces, y vieron a dos señoras con sus abrigos en llamas.

—¡Traigan agua! —gritó uno de los hombres que las acompañaba.

—¡No se preocupen! —intervino Palabrov—. ¡Ha sido un pequeño traspié que ahora mismo solucionaré! ¡De aquí para allá, una nube aparecerá!

Al instante, se levantó un viento huracanado y un gigantesco nubarrón apareció cubriéndolo todo y descargando litros y más litros de agua por todas partes. Con esto terminó la función, porque la gente, empapada, disgustada y también asustada, echó a correr cuando el mago, gritando a más no poder contra el viento, pidió disculpas.

—¡No se vayan! —les rogó a viva voz—. ¡Haré desaparecer la tormenta y secaré sus ropas!

Según lo oyeron, huyeron despavoridos, empujándose unos a otros con la intención de abandonar el circo cuanto antes. Tanto fue así que ninguno intentó siquiera reclamar el importe de la entrada…

4. UNA MEDIDA ARRIESGADA

Todos los que formaban parte de *El fantástico Esnini y su circo* se habían reunido fuera de la carpa. Dentro no había quien parara, excepto el mago, que se había empeñado en solventar las molestas goteras a toda costa.

Llevaba al menos tres cuartos de hora peleando contra la tempestad que había desatado, pero como no encontraba la fórmula adecuada, pasaba de todo allí dentro. Salía nieve por debajo del toldo, se producían fogonazos de luz blanca seguidos de otros cuantos multicolores, semejantes a fuegos artificiales, y luego un gran estruendo hacía retumbar el sitio. A continuación, agua y más agua acompañada por un viento que amenazaba con llevarse al circo volando a quien sabe dónde.

Finalmente, como no podía ser de otra manera, por arte de magia pareció volver la normalidad.

—¡Ya está! —exclamó Palabrov saliendo a cielo abierto—. No ha sido para tanto, ¿verdad?

Y lo decía él, con nieve en los zapatos, y chamuscado de arriba abajo a causa de los rayos…

—Creo que es hora de rendirse —dijo el equilibrista—. ¿Para qué nos vamos engañar? ¡Somos el peor circo de la historia!

—Ha sido un incidente aislado, sin importancia —le contradijo el mago.

—Son demasiados incidentes «aislados»… —continuó aquél sin entusiasmo—. Dime una sola vez en la que todo haya salido como debía.

—¡Claro! —exclamó alegremente el mago—. ¿No recuerdas aquella vez que…? No… ¿Pero aquella otra en…? No, tampoco…

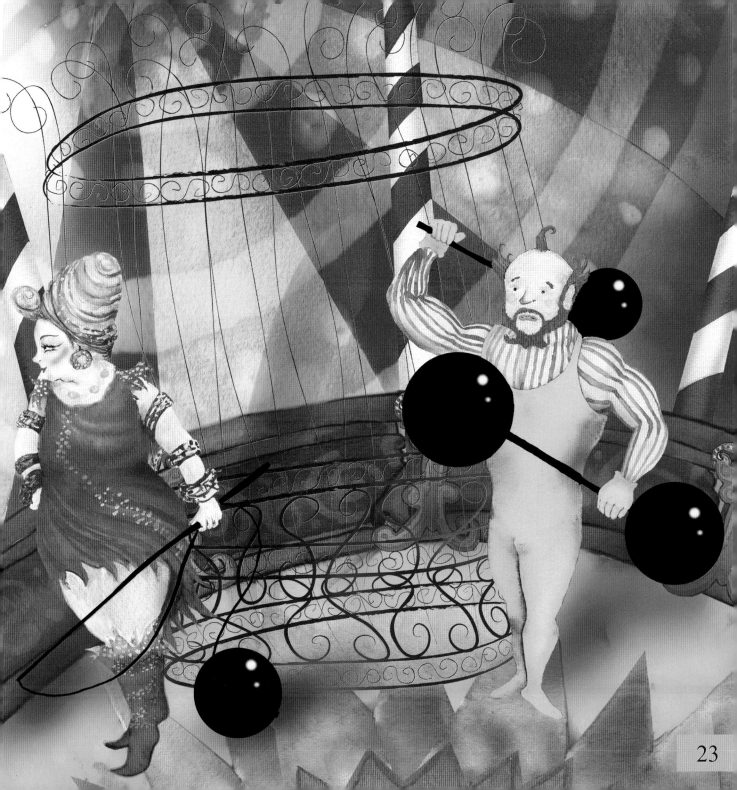

—No te esfuerces, Palabrov —intervino la domadora de fieras—. Tomi tiene razón. Nuestro espectáculo es lamentable.

Tras estas palabras, se hizo un largo silencio en el que los artistas, por la expresión de sus caras, estaban replanteándose la dirección que estaban tomando las cosas.

—Quizá deberíamos disolver el circo —rompió el mutismo el forzudo—. Sinceramente, es algo que he pensado en más de una ocasión, pero nunca os lo dije porque, en parte, me negaba a ver que era lo mejor.

Al parecer, expresó la cuestión que a los demás les rondaba por la cabeza, pues cada uno a su manera hizo un gesto de aprobación. El mago, que era el único que semejaba no estar conforme, intentó convencerlos de lo contrario, pero fue en vano, así que dijo:

—Si eso es lo que queréis, nada se puede hacer. Sin embargo, me gustaría hacer una última función de despedida y homenaje a tantos años juntos.

—Después de lo de hoy —dijo el equilibrista—, no creo que venga nadie a vernos…

—¡No importa! —resaltó el mago—. Será una función para nosotros.

La propuesta finalmente obtuvo aprobación, y así quedó establecido. Al día siguiente actuaría por última vez *El fantástico Esnini y su circo*. Esto le causó una gran tristeza a Jorgito. Le encantaba esta vida, siempre yendo de una ciudad a otra, recorriendo el mundo con el espectáculo. Pero ¿qué se le iba hacer?... Era cierto. La gente no iría a verles, y sin ellos no tendrían dinero, y sin dinero no sería posible sobrevivir.

—¡Se ha terminado! —le dijo Jorgito a Mucholino al tiempo que le daba un azucarillo—. Vosotros iréis a parar a un zoo y nosotros…

El elefante, que no entendía las palabras del niño, tomó de buena gana la chuchería con la trompa y se la llevó a la boca. Acto seguido, se dirigió contento y despreocupado a una barrica para beber un poco de agua.

Entonces Jorgito vio los carteles publicitarios que el paquidermo había estado tapando con su enorme cuerpo.

«¡*El fantástico Esnini y su circo* ya está en su ciudad! —leyó—. ¡No pierda la ocasión única de contemplar al hombre más fuerte del mundo, a la más valiente domadora de fieras, al equilibrista más temerario o al mago más extraordinario jamás visto!»

Y se le ocurrió una idea. Era muy arriesgada, pero no había nada que perder, por lo que se puso manos a la obra. Cogió unos rotuladores y fue cambiando algunas palabras de los anuncios.

Mucholino al principio se había visto interesado en intentar comprender qué hacía Jorgito, pero viendo que la cosa iba para largo, se fue a dormir. Ya era de noche cuando el último de los carteles quedó retocado.

Jorgito comprobó que estaban todos en sus caravanas antes de salir a hurtadillas del circo. Si le sorprendían, su plan se vendría abajo, así que con toda la precaución que pudo y todavía más, abandonó de puntillas el recinto, cargado con la pila de papeles bajo el brazo y un bote de pegamento en la mano.

Las calles de la ciudad estaban vacías, por lo que Jorgito sintió un poco de miedo, pero pensando que ésta era la única esperanza para que el circo sobreviviera, se sobrepuso a él mismo y fue sustituyendo uno por uno los carteles que habían sido pegados por toda la ciudad. No fue tarea fácil, porque Melidonda era muy grande, los papeles, pesados, y las piernas y brazos de Jorgito, no demasiado largos.

Sin embargo, después de muchas peripecias, había conseguido lo que se había propuesto. Regresó al circo, y sin hacer ruido, entró en la caravana en la que dormía junto al mago y el equilibrista, y se metió en la cama.

—Ahora sólo queda esperar a que dé resultado.

Diciendo esto, y como más cansado no podía estar, se quedó dormido.

5. ¡EL CIRCO ESTÁ LLENO!

El sueño sueño de Jorgito se vio interrumpido por un gran número de voces escandalosas.

—¿Qué pasará?... —se preguntó frotándose los ojos.

Se incorporó y miró por la ventana de la caravana. Había una fila innumerable de personas haciendo cola en la taquilla.

—¡Al fin has despertado! —exclamó el mago con una sonrisa de oreja a oreja. Estaba preparando un zumo de naranja y calentando leche en un cazo en la cocina.

—¿Y toda esa gente...? —quiso saber el recién levantado.

—¡Ah! De alguna manera, deben haberse enterado de que ésta iba a ser nuestra última función, y no querrán perdérsela...

—¿Eso os han dicho? —curioseó Jorgito.

—¡Cuántas preguntas! —dijo el mago—. Anda, ven y ponte a desayunar. ¡Hoy será un gran día!

—Pero... ¿os lo han dicho o no? —insistió Jorgito.

—Bueno, nadie les ha preguntado —reconoció aquél al tiempo que vertía la leche en un tazón—, pero ¿qué otra explicación puede haber si no?

Jorgito echó un poco de cacao y, tras revolver, mojó una magdalena. Era evidente que su plan había dado los frutos esperados. Sin embargo, estaba un poco intranquilo. No sabía cómo iban a reaccionar sus compañeros en cuanto supieran lo que había hecho...

Terminó el almuerzo y se vistió para el espectáculo. En el circo, todos hablaban de hacer el mejor número de toda su vida. Estaban más ilusionados que nunca

al ver a tanta gente.

—¡¡Lleno!! —gritó la taquillera dando saltos de alegría poco antes de la función—. ¡El circo está lleno!

Los artistas se unieron a la algarabía, y, en un momento, se pusieron a bailar unos con otros. Esto se alargó durante un buen rato, pues no era para menos. Ésta era la primera vez que sucedía algo así.

—¡Habrá que esforzarse! —dijo la domadora de fieras.

—Sí. ¡Tal vez no se acabe todo aquí! —reconoció el forzudo con esperanza.

—¡Señores, es la hora! —avisó la taquillera consultando su reloj—. ¡Que comience la función!

Y allá salió Jorgito. Anunció al equilibrista y, volviendo hacia los bastidores, se dijo:

—Bueno, ahora, con que salga todo como siempre, será un éxito.

Tomi Resoplano entró entusiasmado al escenario, y sobre el cable hizo más piruetas que nunca. Sin embargo, el público no empezó a reaccionar hasta que comenzó

a gritar:

—¡La red! ¡La red! ¡¡¡Que se suelta el cable!!!

Se oyeron fuertes carcajadas, a las que siguieron enérgicos aplausos cuando el equilibrista comenzó a correr por las alturas como un cohete.

—¡Oooh! —se escuchó la admiración de la gente cuando, justo antes de que el cable se soltara de uno de los extremos, Tomi dio un salto y quedó colgado de un trapecio. Los payasos le bajaron con una escalera entre fortísimos aplausos.

—¡No entiendo nada! —reconoció el equilibrista—. Nadie me ha abucheado…

Los payasos se encogieron de hombros e hicieron una reverencia hacia las gradas. Tomi les secundó saludando al público mientras se retiraba.

A continuación, Jorgito introdujo con sus palabras al mago, quien se vio sorprendido al ver que la gente sacaba paraguas y se refugiaba debajo de ellos.

—¡No va a ser necesario! —dijo Palabrov restándole importancia al asunto—. Para esta ocasión, he preparado mi mejor número. Ante ustedes, con unas poderosas palabras mágicas, ¡haré desaparecer este sombrero de copa!

—¡Va a hacer la desaparición! —se oyó tras los bastidores. Al poco, las cabezas de Jorgito, los payasos, el equilibrista y el forzudo, que era el siguiente en actuar, sobresalían por la cortina. Si la expectación en las gradas era impresionante, todavía más lo era en el lugar de salida a escena de los artistas. Ellos, mejor que nadie, sabían lo que podía llegar a pasar.

—¡*Karanbarán*, aquí estás y desaparecerás!

A ello le siguieron las risas incontrolables de todos los que estaban presenciando la actuación, sin excepción. Palabrov creyó que esto se debía a que el sombrero todavía seguía allí, por lo que dijo:

—Un poco de paciencia. ¡Repetiré el truco!

Y la risa se incrementó más todavía. La gente se agarraba una a otra, lloraba y sentía dolor de mandíbulas de tanto reírse. Haciendo un gran esfuerzo, Jorgito intentó articular palabra para impedir que el mago repitiera la frase:

—¡No! ¡Ja, ja, ja! ¡Palabrov! ¡Ja, ja, ja! ¡Tus pantalones!

Entonces el mago miró para sus piernas, y vio que éstos eran los que habían desaparecido. Cubriéndose con el sombrero, se retiró todo lo rápido que pudo. Los aplausos tardaron en llegar porque nadie podía parar de reírse.

Y esta efusividad se repitió con el forzudo, a quien se le escapó una pesa de un extremo de la barra y le cayó en el pie, por lo que tuvo que salir a la pata coja del escenario; también, con la domadora de fieras, a la que se le enroscó el látigo en uno de los barrotes del techo de la jaula, y pasó todo el número intentando recuperarlo, al tiempo que esquivaba los zarpazos de las fieras; y con los payasos, que mezclaban el volumen de sus voces de tal manera que era imposible seguirles la conversación, pues cuando unos hablaban bajo, como contando un secreto, los otros gritaban como energúmenos…

En fin, todos habían puesto como siempre su pequeño granito de arena. Sin embargo, al contrario de lo que solía pasar, la función remató con una gran ovación. Incluso se escucharon gritos de reconocimiento:

—¡Bravo!

—¡Que salgan los artistas a saludar!

—Sí, ¡que salgan!

En la función de la tarde se produjo idéntico desenlace. Nadie en el circo entendía nada. Nadie, salvo Jorgito…

6. SABOTAJE

A la mañana siguiente, regresó Esnini del hospital. Con muy malas pulgas, mandó reunir a todo el circo.

—¡Sabotaje! —dijo enfurecido—. ¡Nos han hecho sabotaje!

Los artistas se miraron incrédulos unos a otros.

—¿De qué habla?… —preguntó el forzudo.

—No tengo ni idea… —le respondió la domadora de fieras—. Jamás habíamos tenido tanto éxito como hasta ahora.

—¡Hablo de esto! —dijo Esnini enseñando uno de los carteles—. Venía de camino hacia aquí cuando, ¡cuál fue mi sorpresa!, ¡lo vi! ¡Leed, leed!

Los integrantes del circo se acercaron y vieron que el anuncio estaba cambiado.

«¡*El desastroso Esnini y su circo* ya está en su ciudad! ¡No pierda la ocasión única de contemplar las peripecias del equilibrista con más vértigo del mundo, del mago más imprevisible jamás visto (se recomienda que traigan sus paraguas), de la domadora de fieras enfrentada a su propio látigo…!»

—¡Y continúa! —añadió Esnini.

—¡Hay que hacer algo! —exclamó el equilibrista—. Ahora que todo empieza a ir por buen camino…

—¡Hoy mismo sustituiremos estos carteles por los otros! —dijo el director.

—¡Nooo! —se interpuso Jorgito, lo que provocó que todos se giraran hacia él extrañados—. Quiero decir, ¿no deberíamos pensarlo?

—¿Qué hay que pensar? —preguntó la domadora de fieras—. Si el público lee esto, no vendrá a vernos.

—Pues yo pienso que sí —le contrarió Jorgito—. Poniendo lo que no somos, la gente espera algo que nunca es como debería. Por eso se van enfadados. Pero si les decimos la verdad, se ríen y se divierten con nosotros.

—Jorgito —habló el mago intrigado—, ¿hay algo que no nos hayas contado?

—Bueno… —dijo dubitativo.

—¿Sí?

—He sido yo —confesó en voz baja, mas del todo audible, ya que todos le prestaban la mayor atención—, ¡pero no hoy ni ayer, sino anteayer! ¡Y ya habéis visto cuánta gente ha venido!

En ese mismo instante, antes de que nadie pudiera decir nada, otra voz ajena al grupo interrumpió la reunión.

—¡Ejem! —carraspeó una mujer a la que acompañaban otros dos hombres parecidos físicamente al forzudo—. Soy la alcaldesa de Melidonda. ¿Quién es el director del espectáculo?

El circo entero enmudeció. No estaban acostumbrados a las visitas de personas tan importantes.

—¿No está aquí? —añadió la alcaldesa.

—Sí —dijo Esnini atónito—, quiero decir…, soy yo.

—Deseaba felicitarle personalmente. Ayer por la tarde estuve en la función con mi hijo y lo pasamos francamente bien… Se quedarán al menos hasta el fin de semana, ¿verdad?

—¿Deberíamos? —preguntó el director.

—Sería una lástima que se fueran antes —indicó la alcaldesa—, pues voy a recomendar el espectáculo a todas mis amistades.

—En tal caso, ¡nos quedaremos encantados! —confirmó Esnini con manifiesta alegría.

—Bien, bien. Estoy segura de que disfrutarán. Ahora he de volver al ayuntamiento, pero les veré en el telediario. Según parece, hay un buen número de periodistas que esperan afuera para entrevistarles…

—¿Periodistas? —se sorprendieron los artistas del circo.

7. El desastroso Esnini y su circo

El circo había salido en todos los periódicos y televisiones de Melidonda, pero por razones bien distintas a las del día de su llegada a la ciudad. En esta ocasión eran todas críticas positivas.

Por ejemplo, del equilibrista se decía que llevaba al límite sus números, poniendo en riesgo su vida con el fin de arrancar una carcajada al público; del mago, que era capaz de lograr todo tipo de sucesos extraordinarios, como convocar la lluvia; de la domadora de fieras, que tal era su poder sobre los animales que podía permitirse hacer una actuación cómica encerrada con ellos en una jaula; y en general, que todas las funciones estaban marcadas por una gran originalidad, talento y derroche de humor.

«Imposible no quedar fascinado y, al tiempo, no reír sin parar», sería el titular que los resumiría a todos.

La carpa estaba siempre a rebosar, las entradas se agotaban con anterioridad a la fecha de las funciones, y de esta forma fueron pasando los días hasta que llegó el cumpleaños de Jorgito. Cuando se despertó, vio un montón de regalos en la caravana, y a todos sus compañeros alrededor, quienes le dieron los buenos días cantando:

—¡Cumpleaños feliz, cumpleaños feliz…!

A lo que siguió un fuerte aplauso.

Y así fue, de esta manera, con la idea arriesgada de un niño que aún no había cumplido los nueve años, como surgió el espectáculo más divertido y gracioso de toda la historia, *El desastroso Esnini y su circo*. Si pasa por tu ciudad, no dejes de ir a

verlo. Nunca se sabe lo que va a suceder en cada función pero, como pone al final del cartel, *¡la risa está garantizada!*

FIN

Contenido

EL HADA Y EL DUENDE

TÍTULOS DE LA COLECCIÓN

¡FELIZ CUMPLEAÑOS!

ESTE CIRCO ES UN DESASTRE

© Texto: Miguel Ángel Villar Pinto
© Ilustraciones: Rafael Jiménez Chacón
© De esta edición: Edimáter (Sevilla)
© Diseño de colección: Marina Seoane
  Teléfonos: 954257585 -- 658 116 406
  www.edimater.com
  e-mail: consulta@edimater.com

Primera edición: febrero 2010
ISBN: 978-84-96870-32-1
Depósito Legal: Z-798-2010

Impreso en INO
Impreso en España
Printed in Spain